半生墨韻　行路似雲

藝俗章水墨畫集

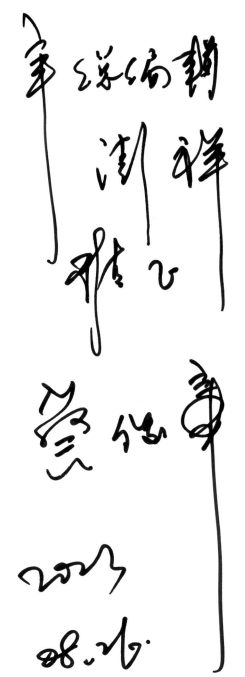

2022 畫展精選

◇新竹蕭如松藝術園區　◇建國科技大學美術館　◇高雄市文化中心　◇新北市藝文中心

撿時綴集 一路寫意

欣聞爲人隨和、平實的警界好友蔡俊章先生，將作品選錄成冊付梓，囑我爲序。我與俊章初識於他任職臺灣省政府警政廳時，由王廳長一飛介紹，從相識到相知，益覺這位喜歡利用休閒時間作畫遣興的警官，潛藏著雄厚的繪畫天分。

之後俊章榮升澎湖縣警察局局長，不久又轉調南投縣警察局局長職務，因他喜愛閒來塗鴉幾筆的因緣，所以一有休假便到我草屯的畫室，互相切磋畫藝；大約兩年下來，從墨蝦世界又日漸寬廣他的繪畫領域，而後他輾轉調派擔任臺北市政府警察局督察長、臺南縣、高雄市警察局局長，警政的表現應甚優異，又榮升爲內政部警政署副署長後，順利榮退七年，最近高雄市、新北市文化中心力邀他舉辦個人水墨畫展，可謂是俊章多年來撿零星時間綴集而成的結果。余本質愚不善爲文，也不禁欣然援筆直書，藉此以誌其祝賀之忱。

回想民國四、五十年代，兩岸軍事對立非常緊張的時候，爲了鼓舞士氣、滋養情緒，國軍推動新文藝運動，許多作家、詩人、畫家都在這軍中的搖籃中誕生，繪畫方面則在梁氏兄弟（鼎銘、中銘、又銘）領軍下，諸如：李奇茂、鄧雪峰、金哲夫……等大師如雨後春筍般蔚起蔓延。

俊章曾云：當警察壓力很重，他常鼓勵同仁透過文化藝術紓解壓力，並藉藝術豐富生活，這也說明了在生活中需要剛柔並濟的重要性，警察的新文藝運動如果能推動起來，或許也會讓那些非常有天分的人才而又樂於從事警察工作的夥伴，都能成爲大詩人、作家或畫家，爲藝壇憑添盛事則指日可待。

俊章夫人林秀穗女士，讚美他不但是一位有責任、顧家的好丈夫，對工作的狂熱數十年不減之外，對繪畫的熱情亦與日俱增，曾說再忙也要畫上幾筆，才不會讓繪畫的感覺流失，俊章本來就生長在藝術氣息濃厚且有「布袋戲之都」之稱的雲林縣虎尾小鎮，高中時受到費熙老師的啓蒙，學習水墨山水畫，開始摸索漸入水墨繪畫的殿堂，後來又有旅美名家于溪邨先生告訴他警察工作繁忙，山水畫費時，換個跑道畫寫意蝦蟹等，既可自由揮灑又可展現個人作畫的風格，相較於十日一山或五日一水來得省時，同時送給他齊白石畫作，觀摩借鏡，他這樣用公餘閒暇創作，日復一日，觀其作品不亞於專業畫家，並多次參加國內外聯展、個展且甚獲好評，原來只限於「蔡氏墨蝦」的雅號，如今各式題材均能展現他寬廣的空間、寫境、造景、立意、創新，筆墨的進步可說是漸入佳境；2022 壬寅虎年，俊章肖虎特以「虎畫」爲題材，虎虎生風，又另創新境。

俊章卸下警務工作，腳步依然精采無比，四十餘年的警務工作雖告段落，五十餘載的畫筆繼續行雲流水，暢遊人生，豐富生命。

素有「警界儒將」、「博士畫家」之稱的蔡俊章，蝦作栩栩如生，各類山水生活題材亦甚精研，畫風清新，向爲人稱頌，對警界及社會愛好繪畫的人士，自可從其樂於撿拾時間從事藝術創作的成就，一探其成功的奧祕並分享其快樂。余謹就個人心中有所感者，於蔡俊章水墨畫集第五冊付梓之前略述數語，尚祈方家指教。

俊章自警界退休後，在國內國父紀念館、中正紀念館、佛光山佛光緣美術總館及各縣市藝文中心，多次個展外，國際間藝廊紛紛隆重邀請他開畫展，包括香港、大陸、澳門、日本、美國、韓國、北韓……等等，真是可喜可賀！

國際著名藝術家

蔡向長俊章水墨畫展成功
李鐵磨書賀

畫之筆墨要專工精細審之則家此謂之能品

心運巧思纖細精到柳之欲活此謂之神品

惟文人墨士所畫似到家似不到家一層畫卷

名貴或貴仙風道骨者此謂之逸品

展畫令人耐看盡多煙火之氣
久對此畫不覺寂靜無人此為佳妙者
是為上乘之逸品也 李鐵磨書於

臺灣蝦王　揚名國際

　　在大陸，齊白石以蝦聞名，在臺灣，只要提到前警政署副署長蔡俊章，大家就馬上聯想到「臺灣蝦王」、「蝦子章」，他讓畫成爲靈魂中的一部分，藉此豐富每一步的創作歷程。俊章是我多年老友及工作夥伴，其半生警政生涯與繪畫之旅，用心投入、用情灌溉，讓畫作中的情感，像江河裡沉穩流動，和波濤起伏的水，將沿途從警的辛勞溶解昇華。每一幅畫作，都不只是某一個圖形、某一處山水、某一棟房屋、某一片花草繪成的，或者說它也是由某一個念頭、某一絲靈感、某一次轉瞬即逝的想法堆積起來的，是由生活和想像的細節建構而成的。

　　在他成長過程中，細數大大小小的美術比賽，不僅是常勝軍，亦是做壁報高手。起初，只知道很喜歡畫畫，也沒有特定喜歡畫什麼、用什麼素材畫，蠟筆、水彩、油墨都有吧！反正就看當時手邊有什麼材料、創作的主題是什麼而調整；直到唸臺中二中時，他遇到了當時遠渡來臺的美術老師費熙，爲他開啓了一座藝術殿堂，帶領他走進中國水墨的浩瀚世界。因爲愛畫畫，讓今日的俊章累積了諸多聲譽，民國六〇年，他首先在建國六〇週年全省美術展覽中，以「瀑下流泉」聞名，獲得佳作獎；這些年來，他的畫作在世界各地展出，揚名國際，佳評如潮，真是臺灣之光！很多人問他：「既然這麼喜歡畫畫，爲什麼當初不選擇專攻藝術，卻走入了警界？」俊章說：「家裡有九個兄弟姊妹，當年，在同時考取文化建築系及警官學校之際，就已經考慮到家裡經濟負擔的問題。」不過，雖然沒有攻讀藝術，在學校裡，他卻以傑出的繪畫才能，「暢行」於各式的美術及壁報比賽中。最讓他津津樂道的是，就讀警官學校時，他一個人獨力負責廣達一、兩百坪學生餐廳的聖誕節舞會的場地布置；對他而言，雖然沒有像許多藝術大師一樣，一開始，在人生的起步階段就以畫填滿了生命；但他還是在盡可能的範圍內，讓畫成爲靈魂中的一部分，並藉此豐富每一步的創作歷程。

　　傑出畫作除了外在形態，神韻、布局都關係著整幅畫的生命，提及爲何會以畫蝦爲主題？他回憶道，因爲當時岳父飼養鰻魚與蝦子，成爲俊章閒暇時，最常走動的地方，他常對著一池的蝦子發呆，藝術，其實也是門管理學，一旦旁人露出不解，滿臉狐疑的神色時，他則會進一步解釋道：「蝦子優游水中，乍看，像是亂無章法，但，或聚或散，數量上的安排、前進的方向、姿態，如何布局、如何構圖，才能賞心悅目，這與經營管理中所強調的，如何規劃、安排，才能呈現出組織的最大效能，豈不是一樣的道理嗎？」

　　這就是俊章，他不只好於所學，更善於將所學應用在實際生活中，不管是藝術、工作、生活皆是。從小的生長背景，讓他特別鍾情於如陶淵明筆下「採菊東籬下，悠然見南山。山氣日夕佳，飛鳥相與還。」的田園鄉野景色。一幅「春日浴牛」圖，將記憶深處的兒時耕作歲月，透過樸實的老牛，清楚刻劃；「詠春」中的雀鳥，跳躍枝頭的生動姿態，彷彿有說不完的婉轉啼聲，讓人忍不住駐足細細聆聽；荷塘、清蓮、紫藤、游魚、田園、山水，信手拈來之際，亦是俯拾成趣。

　　如同滴水匯聚形成了無邊無際的大海，望向無盡的藝術瀚海，他自勵仍能以毅力，持續優游其間，近年來俊章持續創作展出，除瓜果小品、山水花鳥、人物走獸之外，亦有多年未中斷的游蝦創作，壬寅虎年，說虎畫虎的「虎畫」，栩栩如生。他謙虛地說，希望能在警務生涯結束告老還鄉之際，持續於畫壇貢獻己力，爲藝術疆域略盡微薄之力，俊章在警界爲傑出儒將，崇尚科學辦案，是罪犯的剋星；在藝術界除爲畫蝦名家外，更是多才多藝，力行中華文化之傳揚，並大力推動兩岸及國際藝文交流，宣揚中華文化之軟實力，績效卓著，我很榮幸能爲其作序推薦，祝賀他的畫展圓滿成功！

中華民族發展基金會　董事長
前海峽交流基金會　董事長　林中森

人文的繪畫與理性的警政確可並行不悖

　　《論語‧述而篇》記載孔老夫子提出的進德修業的方法，即「志於道，據於德，依於仁，游於藝。」人稱「警界儒將」的蔡俊章，在其孜孜不倦長達半世紀的習畫、作畫精神，以及其靈動的「蔡氏墨蝦」「說虎畫虎」中，便能深刻感受到他如沐春風般以受六藝之教為樂，心神優游於藝術領域而如鳶飛於天，魚躍於淵，龍吟而虎嘯，虎虎生風。

　　近年多在兩岸文化交流場合得遇前警政署副署長蔡俊章，以其「蔡氏墨蝦」在兩岸聲名鵲起，令人久仰其「臺灣蝦王」、「博士畫家」美名，而在栩栩如生的蝦作之外，山水、花果等生活題材亦甚精研且為人稱頌，畫作「靜觀」、「漓江風情」、「春日遊杏花飛滿頭」、「山君」...等等，曾在北京的拍賣會上，以百萬元臺幣拍出。在其退休後，除了仍潛心作畫，尤以自身的文化、藝術修為，在兩岸文化交流上亦不遺餘力。

　　得悉近年來他陸續於北京國家圖書館、北京文聯藝術家之家展覽館舉辦聯展，與大陸書法名家張宗彪於臺北101合辦書畫聯展，與北京書法名家高炳山於北京「楓藝原創」藝廊聯展，與山東泰安美術館館長劉建東在山東「泰安岱廟」聯展，2019年更在雲南昆明的朱德舊居紀念館、北京星期八文化交流中心...等，舉辦個人水墨畫展。蔡俊章曾言：「學習山水畫對兩岸來說，都是對中華文化的傳承。兩岸文化共通，文化藝術方面的交流，能拉近兩岸民眾間的距離。」

　　蔡俊章的水墨畫學生時期啟蒙於美術老師費熙，90年代後師習李轂摩、江正吉老師，承繼了東方水墨的精神，以及從生活點滴細微處，醞釀創作靈感。曾經好奇於他為何鍾情於畫「墨蝦」？他表示在繁忙的警務工作之餘，一向以文化藝術紓壓，也因此他始終未曾因理性、科學、邏輯為重的警察工作而放下畫筆，反而以繪畫的感性、美學、直覺作為工作調劑，甚至為工作注入不同的想像與思維。

　　他多次曾言：「人文的繪畫與理性的警政確可並行不悖。」歷任過高雄、臺南、南投、澎湖等地警察局長，一路擢升至警政署副署長，他認為管理亦是一門藝術，要讓組織凝聚並發揮最大效能，一如在畫紙上布局作畫，把繪畫與警政同視為自我修鍊的課題，打磨出作品的一方山水，一如警政工作的抽絲剝繭，靠的都是長期經營的耐心和決心。

　　然而警察工作畢竟有著不歇業、不打烊的特性，他的畫作時間也隨著勤務的突發而顯得零碎。一次在大陸旅美蝦蟹畫名家于溪邨的提點下，有感於類似蝦、蟹或生活中即興取材的花草、蟲魚等小品，相較於大山大水的大塊文章，更有機會在零碎的時間內提筆不綴，其毅力決心尤其令人感佩，今年2022壬寅虎年，更加入了「虎」、「龍」及人物的題材：儒人如斯，由蔡俊章對自身的文藝修為，堅定的志向，並以文化藝術為正道本心的情懷，見其人其作便是「游於藝」的最佳寫照，在此榮幸於為其作品冊為序，並致畫展祝賀之忱。

中國時報社長　王綽中

半生墨韻　行路似雲

　　美國作家威廉‧福克納（William Faulkner,1897-1962）於 1949 年獲頒諾貝爾文學獎之後，曾發表一段感言：「充塞於創作史空間的，應當是人類心靈深處，從遠古以來就存有的眞實情感：愛、榮譽、同情、尊嚴、憐憫之心和犧牲精神，它是心靈的眞理。如果沒有這些眞實情感與精神，任何故事都將如朝露，瞬息即逝。」它的意旨是說明人能不朽，是因爲人類有憐憫、耐勞、犧牲的靈魂，文藝創作者的責任就在於發揮其獨有的「眞理性、眞情感、眞精神」，透過「寫出、畫出」的作品，鼓舞和提醒人們，用於維繫人類靈魂的永垂不朽。

　　我進入繪畫殿堂，始於臺中二中，時值年少青澀，費熙啓蒙恩師見我有慧根，特送一冊《芥子園畫譜》，隨後殷切指導我，並勉勵我參加校內外作品展出，自此我踏上水墨國畫領域，迄今繪畫伴我近一甲子。在如縷不絕的創作過程中，鼓舞了自己的心靈，更在漫長警界生涯中記載著關於勇氣、榮譽、犧牲等篇章。

　　高中畢業後我立志從警，有幸由基層巡官，歷經五任縣市局長而以警界副署長屆退；在警界生涯中，朝夕浸潤在高壓力、複雜萬端的職場，由於偷閒作畫，因內蘊前述的心靈特質，乃能完美下樁，賡續在畫作之田深耕，迎向美好人生。

　　眾所周知，警察工作有著「不歇業、不打烊、不確定」的三大特性，我的畫作時間經常零碎難掌握，但內心對繪畫之火苗熾熱，珍視呵護未曾止熄，期間也慶幸能夠遇見許多貴人相助。首先要感謝大陸旅美蝦蟹畫名家于溪邨老師，在一次索畫的機緣下，于老師指出要在繁瑣的警務工作中繪畫，並無不可，但不宜雄心壯志，有如創作大塊澎湃文章般，費日耗時，若畫類似蝦、蟹等小品，僅需時二、三十分鐘，應可嘗試。這一席話令我茅塞頓開，自此我在警務與繪畫之間取得彈性，將創作從日常庶民的生活中即興取材，或花草、或蟲魚、或鳥獸、或山水，萬物皆美，無一不可入畫；近年來也師習大千居士的潑墨潑彩技法，2021 年花二個多月時間，以大山名川爲題材，完成五米五長的巨幅創作「寶島長青圖」。

　　猶記 1998 年奉調「菊島」（澎湖縣）擔任警察局局長期間，彼時因海島漁產豐富，公暇之餘，得天獨厚，盡情觀察蝦、蟹的「形態」、「神態」、「運動狀態」，如今畫蝦能信手拈來，創作蝦趣無限。今年 2022 壬寅虎年，俊章肖虎，家住虎尾，孫子綽號「阿虎」，應景不免俗，仍以「虎畫」爲題材，創作了：山君、虎頭燕頷、高瞻、虎距、舐犢情深、龍吟虎嘯…等多幅老虎畫作。

　　另一位值得一提的貴人是結廬於南投草屯「樂山草堂」的李轂摩大師，初識於省府警政廳服務期間，2000 年我擔任南投警察局長時再度重逢，正式成爲李大師的弟子。大師創作題材，主要包括層疊山林、翠綠田畝、野溪小河、老農幼孩、家飼雞犬、周遭生活點滴，畫作無不栩栩如生，畫風獨樹，享譽臺灣藝壇。蒙李師諄諄指導提攜之餘，尙無私與我分享人生哲理，曾謂：「人生就是舞臺，每個人都該克盡職責，把人生角色扮演好，才不致空度人生。」李大師不斷力朝「眞、善、美境界」前進的典範，使我感佩不已，爰在繪畫之路上未敢稍有懈怠。

　　警察實務工作處於高度不確定的治安環境中，身爲警政工作者，我也早習於以恆久的耐心與決心應對，任何一紙計畫形成、一件刑案的偵處、一場紛擾不安的聚眾活動，都同

樣需要長途跋涉中，包括知識、經驗與判斷力等周而復始的嘗試與淬鍊。然而，我回憶最多的時刻，往往不是鎂光燈聚焦的剎那，而是在抽絲剝繭的困頓、案牘勞形的煎熬、喧嚷結束收拾裝備的過程，在被害者一句真誠的感謝。

在警政與繪畫兩端行走，每一回心蕩神馳的美感震撼，或是每一次執法辛勞過程中，換得的公理秩序，使我得以窺見「人生的無限美好，就在其中繽紛盤旋」。

回顧半生警政生涯，我以繪畫為自己沿途的勞累解憂，帶來想像與自由，得以穩健前行。我期許自己用心投入、用情灌溉，讓畫作中的情感就像江河裡沉穩流動和波濤起伏的水，這每一幅畫作都不只是由某一個圖形、某一處山水、某一幢房屋、某一片花草繪成的。或者說它也是由某一個念頭、某一絲靈感、某一次轉瞬即逝的想法堆積起來，或是由生活和想像的細節建構而成的，如同滴水匯聚形成了無邊無際的大海，訴說著人生旅途的寓意。我望向藝術瀚海，勉勵自己仍能以毅力持續悠游其間，無時或止，期能繼續往巔峰前行，為拓展藝術疆域，盡微薄棉力。

卸下警職生涯，我以一枝畫筆重啟第三人生，2016年起，每年在兩岸舉辦10場以上個展及聯展，疫情阻止了人際間甚多交流，但阻止不了藝術撫慰人心的溫暖，屢次展出獲得海內友人無數關懷肯定，也鼓勵我臻上層樓，活到老畫到老。2022年在新竹蕭如松藝術園區、彰化建國科技大學美術館、高雄市文化中心至真堂，以及新北市藝文中心等舉辦水墨畫展；展覽期間，需要策動大量人力，好友卓柏成、林世三先生及翁雅蓁小姐協助，為畫展妥善規劃，策展單位 MCA 華圓設計公司從製作邀請函、作品布展到開幕現場導覽，皆給予我最大協助，特表謝忱。

審視一路創作歷程，深感遙迢，為記錄數十載作畫時光，爰選錄數百幀作品當中百餘件，依年代畫風、畫作內容編成畫集，時間匆促，疏漏難免，祈望愛護我的先進長官暨友人不吝指正。

出版前夕，感謝國際著名藝術家李轂摩、前海峽交流基金會林中森董事長、中國時報社長王綽中等人為文期勉，江正吉老師繪畫指導，官校38期同學吳學燕、劉英台兄嫂、學妹蕭惠珠、吳錦珠總監等的文字潤飾、MCA 華圓設計公司發行；另鴻順印刷公司吳亮穎董事長及其團隊在編輯、設計付梓過程，給予諸多支持協助，終使本書冊得以面世，謹致上誠摯謝意。

最後我要表達的是藝術創作與維護治安的過程，不免辛苦但收穫豐碩，在辛勞過程中，特別要感謝內人秀穗、小女宜珊、小兒宗道及四位孫子信睿、呈睿、宇倫、孟軒一路相伴鼓勵。歲月如韶華錚錚，踏著如歌的行板離去，他們的支持是我最大的後盾，使我遂有幸在工作、進修與繪畫的道路上，有著最豐盈的回憶。

前內政部警政署副署長　　
海峽兩岸應急管理學會理事長　　　　　博士

2022.07.07

警界儒將 **蔡俊章** 博士

1950年生　臺灣雲林縣人
臺灣國立交通大學管理科學碩士
臺灣中央警察大學法學博士

歲月悠悠，畫畫養心。人稱警界儒將的前警政署副署長蔡俊章博士，自2015年卸下警務工作，腳步依然精采，43年的警務工作雖告段落，57載的畫筆繼續行雲流水，暢遊人生，豐富生命。退休7年餘，精研畫技，潛心畫作，畫域更廣。

歷任

警政署副署長、主任秘書
高雄市政府警察局長
澎湖縣、南投縣、臺南縣等警察局長、臺北市警察局督察長
國立中正大學、高雄醫學大學、義守大學、中央警察大學、銘傳大學...等大學任教
大陸河南理工大學、西南交通大學等名譽教授
考試院典試委員

現任

國際刑警之友協會　秘書長
海峽兩岸應急管理學會　理事長
臺灣海巡警察消防領導人總會　創會理事長
普聖再利用科技股份有限公司　副董事長
麗寶文教基金會　董事
雲林同鄉文教基金會　董事
中華民國雲林同鄉總會　理事
中國文物協會　榮譽主席
中華全球藝術文創協會　榮譽理事長
國家藝術聯盟發展委員會　召集人
中國書畫家協會評定國家一級美術師
中國翰林院美術館　臺灣分館館長兼國禮書畫家
霧峰林家宮保第國藝術中心　藝術顧問
臺北101大樓巫登益美術館　館長
RISE Art Studio 館長
臺北松山慈惠堂　藝術總監
雲林縣政府　顧問

近年水墨作品展年表

2014年

   北京國家圖書館聯展

   北京文聯藝術家之家展覽館聯展

   臺北國軍英雄館聯展

2015年

   臺中中友百貨時尚藝廊水墨畫個展

   臺東娜魯灣藝廊水墨畫個展

   臺北梅門德藝天地水墨畫個展

2016年

   臺中市港區藝文中心水墨畫個展

   臺北市議會文化藝廊聯展

2017年

   香港珍寶王國現代水墨畫個展1年

   臺北市藝文推廣處國際藝術聯展

   臺北市國父紀念館書畫聯展

   臺北市藝文推廣處「揮墨成趣」水墨畫個展，並出版畫冊

   臺北101中華藝術館「雲端書畫」雙人展

2018年

   廈門嘉蓮書畫院中華蘭亭聯展

   臺北市議會文化藝廊藝響中華聯展

   雲南昆明朱德舊居紀念館水墨畫個展

   臺北市台開築空間墨色繽紛畫作精品個展

   臺北市土地銀行藝文走廊逍遙藝響畫作精品個展

   北京楓藝原創藝廊「水墨無極」兩岸書畫藝術雙人展

   臺南市南鯤鯓代天府「悠遊藝響」水墨畫個展，並出版畫冊

   新竹市文化局竹軒畫廊「繽紛藝響」水墨畫個展

   臺北市藝文推廣處藝文大樓「美的藝響」水墨畫雙人展

2019年

   臺中市役所「畫說臺灣建築文化遺產」畫展

   臺北市議會文化藝廊—心之藝響水墨畫雙人展

   美國洛杉磯僑教中心—水墨畫個展

   臺北市議會文化藝廊—中華蘭亭海峽兩岸名家書畫展

   臺北市第二屆國家藝術家節—轉動藝術的靈光邀請展

   山東泰安「岱廟」泰山石敢當文化季—墨抒情懷國畫精品展

   上海第八屆城市藝術博覽會—城市創新秀水墨展

臺北車站「畫說臺鐵與臺灣建築遺產展」畫展

韓國首爾「ICAF蔡俊章水墨畫大獎」紀念個展

韓國首爾第53回國際文化美術大展特聘畫家

臺北世貿「台灣藝術博覽會」

臺北市藝文推廣處「蔡俊章水墨畫」個展

2020年

北京星期八文化交流中心「蔡俊章水墨畫」個展

北京會議中心「2020華人春節聯歡晚會暨華人楷模年度盛典」名家書畫邀請展

臺北長流美術館「萬紫緋紅愛相隨」慈善聯展

陝西省美術家協會名家藝術展播中心「海峽兩岸水墨情─陝西、臺灣中國畫名家」邀請展

廈門大學藝術學院三道美術館「蔡俊章水墨畫」個展

國立國父紀念館「蔡俊章水墨畫」個展，並出版畫冊

佛光山佛光緣美術館總館「人生七十・蔡俊章水墨畫」個展

雲林縣政府文化觀光處「警界儒將─蔡俊章博士水墨畫」邀請展

國立中正紀念堂「警界儒將─蔡俊章博士水墨畫」個展

2021年

「RISE Art Studio」開幕暨藝術家聯展

臺東縣政府文化處藝文中心「畫逸器韵─蔡俊章博士水墨畫」個展

桃園市政府文化局─臺灣藝術協會聯展

國立中正紀念堂─華人新聞界藝術創作聯展暨兩岸名家邀請展

江蘇揚州廣陵藝術館─「盛事和平 翰墨雅趣」首屆與第二屆翰林書畫藝術全球傑出貢獻獎
兩岸獲獎書畫作品展

臺中市港區藝術中心「章・同・迎三藝─蔡俊章、林家同、王迎春藝術家聯展」

澎湖縣洪根深美術館「警界儒將─蔡俊章博士水墨畫」個展

韓國藝術文化研究社「韓中日文化協力美術祭聯展」

大同大學志生館「水墨・陶藝・老宅邸─蔡俊章與卓柏成藝術聯展」

臺北商業大學承曦藝廊「水墨・陶藝─江正吉、蔡俊章、卓柏成藝術聯展」

2022年

新竹安捷酒店─候鳥藝術家聯展

彰化建國科技大學美術館「章・同・迎三藝─蔡俊章、林家同、王迎春藝術家聯展」

新竹蕭如松藝術園區「虎畫～說虎・畫虎─2022蔡俊章博士水墨畫虎年特展」

高雄市文化中心「戀戀高雄─老警長蔡俊章水墨畫展」，並出版畫冊

新北市藝文中心「警界儒將─蔡俊章博士水墨畫精品展」

目錄
CONTENTS

山水畫

Chinese Painting of Landscapes

慈湖圖湖光山色

2020年庚子　100×200cm

臨摹大千居士潑彩技法，完成此作品。

古詩詞中甚多描述「湖光山色」：

1. 湖光山色渾無恙，揮手清吟過十洲。──《儒林外史》

2. 遠上寒山石徑斜，白雲生處有人家。──杜牧《山行》

3. 天平山上白雲泉，雲自無心水自閒。──白居易《白雲泉》

4. 青山相待，白雲相愛，夢不到紫羅袍共黃金帶。──宋方壺《山坡羊·道情》

5. 黃師塔前江水東，春光懶困倚微風。──杜甫《江畔獨步尋花·其五》

6. 明月出天山，蒼茫雲海間。──李白《關山月》

7. 人道山長水又斷。蕭蕭微雨聞孤館。──李清照《蝶戀花·淚濕羅衣脂粉滿》

……等等，皆可從中窺見「湖光山色」之美。

黃岳松雲

2020年庚子　98×200cm

南宋詩人汪莘《沁園春 憶黃山》：
三十六峰，三十六溪，長鎖清秋。
對孤峰絕頂，雲煙競秀；懸崖峭壁，瀑布爭流。
洞裡桃花，仙家芝草，雪後春正取次游。
親承見，是龍潭白晝，海涌潮頭。
劉海栗的詩詞《滿庭芳 七上黃山》：
雲海浮游，玉屏攀倚，天都插遍芙蓉。
山靈狂喜，迎客喚蒼松。七度重來無恙，記當年積霧沉筆。
補天手，旋鈎轉軸，旭日又當中。
憑高先一笑，齊煙九點，鬱鬱蔥蔥。
正不知費卻多少天工。無限筇邊佳興，都化作揮灑從容。
龍蛇舞，丹砂杯底，照我發春紅。

發揚大千居士精神，以他獨創的青綠潑彩山水，打破了傳統
山水，以線爲主軸構圖的形式，結合沒骨、潑墨和重彩的技
法，用日本金箋紙完成了新作「峨眉秀天下」。

峨眉秀天下
2020年庚子　99×178cm

2021年元月2日，元旦假期，小孫柑寶來家作伴，我則繼續
發揚大千居士精神，以他獨創的青綠潑彩山水，打破了傳統
山水，以線爲主軸構圖的形式，結合沒骨、潑墨和重彩的技
法，用日本金箋紙完成了新作「峨眉秀天下」。

瀑下流泉

2021年辛丑　120×60cm

雲壑飛泉

2020年庚子　98×198cm

唐代　李白「望廬山瀑布」詩云：
日照香爐生紫烟，遙看瀑布掛前川。
飛流直下三千尺，疑是銀河落九天。

飛瀑勝景

2021年辛丑　70×135cm

瀑布在地質學上叫「跌水」，即河水在流經斷層、凹陷等地區時垂直地從高空跌落。瀑布之美，瞬間即永恆，是江河走投無路時創造的奇蹟。

在文人筆下，瀑布的景象不盡相同，時而充滿野性，時而又跳躍靈動。

「奔流下雜樹，灑落出重雲。」

「灑流濕行雲，濺沫驚飛鳥。」

草蘆結義

2020年庚子　70×135cm

白居易《風雨晚泊》詩詞：
苦竹林邊蘆葦叢，停舟一望思無窮。青苔撲地連春雨，
白浪掀天盡日風。
忽忽百年行欲半，茫茫萬事坐成空。此生飄蕩何時定，
一縷鴻毛天地中。
上之意境，溶入畫中草蘆亭中，三人群聚，引喻結義。

松風清泉

2021年辛丑　120×60cm

2021年5月28日，新冠肺炎
（COVID-19）疫情來襲，
全民抗疫，居家不外出，拿
起畫筆，畫畫療癒，用傳統
水墨畫技法，完成此作品「
松風清泉」。

山水－春

2021年辛丑　70×70cm

山水－夏

2021年辛丑　70×70cm

山水－秋

2021年辛丑　70×70cm

山水－冬

2021年辛丑　70×70cm

雲南沅陽梯田春牧

2019年己亥　70×135cm

2019春，參加雲南紅河學院的學術論壇後，直奔
紅河州的「元陽梯田」，氣勢磅礡，是哈尼族數
千年來留給世界重要文化資產。法國的人類學家
更稱讚是真正的大地雕塑。

北韓白頭山

2018年戊戌　70×135cm

2018年8月初，初訪北韓，參訪「萬壽台創作社」，是北韓最高水平的藝術殿堂，成立於1959年，由朝鮮美術家同盟金聖民委員長親自接待交流，回來後完成此幅「北韓白頭山」畫作。

五嶽獨尊東嶽泰山

2019年己亥　135×70cm

2019年4月19日，到山東泰
山有近千年歷史及漢朝以
來歷代皇帝封禪大典的「岱
廟」，舉辦「蔡俊章、劉建
東水墨展」，近四年來上了
兩次泰山，總難窺全貌，此
次蒐集了一些資料及參考杜
甫〈望嶽〉的意境，如昏
曉、曾雲……等等，完成了
這幅畫作。唐杜甫的〈望
嶽〉：岱宗夫如何？齊魯青
未了。造化鍾神秀，陰陽割
昏曉。蕩胸生曾雲，決眥入
歸鳥。會當凌絕頂，一覽眾
山小。

高雄蓮池潭龍虎塔

2022年壬寅　74×144cm

擁有深邃東方寓意的勝境，位於左營區的蓮池潭，南鄰龜山、北
倚半屏山，清朝時期因潭中遍植荷花，每逢夏季清香四溢，素有
「泮水荷香」美譽，成為清代的鳳山八景之一。

蓮池潭畔的指標性建築「龍虎塔」，讓人感受到東方宗教文化的
震撼，曾被美國有線電視CNN特別推薦，是高雄市最具傳統宗教色
彩的風景區之一。

萬里長江第一古鎮四川李莊

2019年己亥　70×100cm

四川宜賓李莊，是長江邊的千年古鎮。素有「萬
里長江第一古鎮」的美譽，爲抗戰時期國民政府
大後方的四大文化中心之一，當時故宮文物多暫
置於此，現爲海峽兩岸文化交流基地。
2019.09.26蔡俊章遊李莊。

武漢錦里溝土家風情

2020年庚子　135×70cm

「靈秀湖北　醉美黃陂」，2017
年阿里山與武漢黃陂木蘭山結盟
二週年，參加大型書畫展，並參
觀錦里溝的土家族風情。

黃山迎客松

2018年戊戌　135×70cm

黃山，位於安徽省黃山市，
原名黟山，唐朝時更名為
黃山，取自「黃帝之山」之
意，「五嶽歸來不看山，黃
山歸來不看岳」，是對黃山
最好的評價。

青島海灣

2017年丁酉　70×135cm

2017年9月16日，應邀參訪山東青島大學，校長
設宴，由飯店頂樓餐廳往港口一望「紅瓦綠樹碧
海藍天」，拍下黃昏美景，待辦完兒子婚事，趕
快完成畫作。

朱德故居住於四川省儀隴縣城東馬鞍場郊
一八八六年誕生於琳琅山下畢業鄉圖文誌之
二〇一八歲主戊戌年蔡俊章

朱德故居

2018年戊戌　135×70cm

2018年4月於雲南昆明「朱德舊居紀念館」舉辦水墨展，特找出朱德位於四川省儀隴縣城東馬鞍場郊的出生故居（目前已列入大陸重點文物保護單位），繪之，一併展出。

虎尾故鄉

2018年戊戌 70×135cm

「畫我故鄉」——虎尾我的故鄉，虎尾糖廠、同心家園、
虎尾驛站等，是我初中與同學下課後，常聚集的地方。此
畫由臺北華國大飯店廖裕輝董事長典藏，2019年3月份，
長榮航空公司機上雜誌專文介紹。彼時即將出發前往韓
國，參加第41屆韓國文化藝術大展暨國際名家邀請展，14
個國家參加，個人並獲頒大會比賽「大獎」，水墨畫藝受
肯定，確實感到喜悅。

福建永定土樓

2019年己亥　70×135cm

2018年11月遊福建龍岩市永定縣「福建土樓」，
土樓產生於宋、元，成熟於明末、清代和民國時
期，有圓形、方形及五鳳形，總數約三千餘座，是
群居和防衛合一的大型樓房，有客家人、閩南人居
住，2008年，46處被列為「世界文化遺產名錄」。

山清水秀

2017年丁酉　50×50cm

超級血月圖

2021年辛丑　70×120cm

2021年5月26日晚，攝影家在西藏境內海拔5,500公
尺高，距月球最近的地方拍攝的，此景每150年出現
一次，難能可貴的月照相片。
根據相片，完成了此幅水墨畫「2021超級血月圖」。

臨風羨雲閒

2013年癸巳　53×45cm

臺灣聖山仰之彌高

2018年戊戌　70×135cm

臺灣是個多山之島嶼，超過三千公尺的山超過百
座，而其中「玉山」，海拔高度3,952公尺，是
臺灣及東北亞第一高峰。玉山之美，美在它的奇
峰，其主峰挺拔、高峻。因常年積雪，遠望如玉。

月牙泉

2020年庚子　70×135cm

「天下沙漠第一泉——月牙泉」，古稱渥窪池、沙井，又名藥泉，自
漢朝起即為敦煌八景之一，清代後稱為月牙泉。
鳴沙山月牙泉風景區，位於中國甘肅省酒泉市敦煌市西南5公里處。
有一首歌「月牙泉」：
就在天的那邊很遠很遠　有美麗的月牙泉
它是天的鏡子沙漠的眼　星星沐浴的樂園……。

阿里山風情 蔡俊章 二〇一八

阿里山風情

2018年戊戌　135×70cm

阿里山是一個臺灣國家級的
風景特定區，也是有名的旅
遊景點，每年初春，滿山遍
野的櫻花。本畫作取材「
神木」、「小火車」及「櫻
花」等三觀點，把阿里山的
特點一一入畫。

日月潭湖光山色

2018年戊戌　70×135cm

日月潭位於南投縣魚池鄉水社村，是全臺最大的
淡水湖泊。因潭景霧薄如紗，水波漣漣，而得名
「水沙連」，四周群巒疊翠，全潭以拉魯島（光
華島）為界，南形如月弧，北形如日輪，所以改
名為「日月潭」。

漓江風光

2017年丁酉　70×135cm

2017春遊桂林，山水之美，眾所皆知，如詩如
畫，大自然的鬼斧神工在桂林完美呈現。尤其陽
朔的景色，更是桂林美景的菁華。故有「桂林山
水甲天下，陽朔山水甲桂林」之譽。

武漢黃陂木蘭山湖光風情

2017年丁酉　70×130cm

臺東三仙台夕照

2021年辛丑　70×135cm

2021年4月9日至4月25日，蔡俊章在臺東縣文化
處藝文中心的水墨畫個展，特以台東著名景點
「三仙台風景區」為題材，作畫展出。（此作
品由台東縣政府典藏）

木蘭山湖光山色

2017年丁酉 135×70cm

花木蘭的故鄉，木蘭文化生態旅遊區由武漢黃陂區木蘭山、湖……等組成，是大陸國家5A級旅遊景區、國家地質公園、千年宗教聖地。與臺灣阿里山締結為友好姊妹風景名山。

武夷山玉女峰

2019年己亥　70×135cm

中央警官學校38期在民國58年入學，到2019年，剛好50年，在袁行一、蔡嘉榮同學發起，由隊長陳弘毅率隊，一行60餘人在3月中前往福建武夷山舉辦同學會，泛舟九曲溪，驚見玉女峰，拍下美景。回來後，完成這幅「武夷山玉女峰」畫作，留下50年同學會紀念。

晨之頌

2017年丁酉　47×53cm

韓國昌慶宮秋景

2019年己亥　70×135cm

2018年12月2日利用到韓國首爾參加「韓國文化美術
大展」並獲頒水墨畫大獎之際，抽空前往市中心的「
昌慶宮」參觀，這幾天也完成了「昌慶宮涵仁亭風
情」的畫作。
昌慶宮是韓國繼景福宮、昌德宮之後修建的第三座王
宮，這裡流傳著很多關於王的赤誠孝心、愛情；民間
廣為流傳的張禧嬪和仁顯王后、英祖和思悼世子的故
事就發生在昌慶宮。

雪景山水圖

2018年戊戌　90×180cm

2018年二月初，應急管理學會一行25人，冬遊
東北，冰天雪地，在遊長白山天池後，下一站
就是長白山下的小瀑布了，拍下美景，也利用
這兩天濕冷天氣的假日，拿起畫筆，記下這一
情境。

中正紀念堂

2020年庚子　70×135cm

2020年9月，於國立中正紀念堂舉辦「警界儒將」蔡俊
章水墨畫個展，特以中正紀念堂爲作畫題材，順利圓滿
展出。

中正紀念堂是1980年4月4日落成啓用，4月5日正式對
外開放。2007年經當時文建會公告指定爲「國定古蹟
台灣民主紀念園區」，2008年臺北市政府公告「中正
紀念堂」登錄爲臺北市文化景觀，具雙重文資身分。

澎湖桶盤嶼

2021年辛丑　70×135cm

桶盤嶼是澎湖有名的景點──黃金島。
桶盤全由玄武岩紋理分明的石柱羅列環抱而成，柱壯節理
之盛，居澎湖之最，每一岩柱高約20公尺、寬約1.5公尺，
顏色因氧化淺棕色，頂部則風化作球狀構造，所以有著「
海上黃石公園」之美譽。（此作品由澎湖縣政府典藏）

江上離情

2014年甲午　57×56cm

危崖峻岩夾道聽　江上數櫂踽踽行
何事山嵐亦紛亂　春風也訴離別情

南投紫南宮

2021年辛丑　70×70cm

2021年9月2日，蔡俊章恭繪「南投竹山紫南宮」贈與紫南宮，由主委莊秋安代表接受。
2000年，蔡俊章時任南投縣警察局長時，國家各級重要領導人經常前往竹山紫南宮參拜，祈求國泰民安；基於維護特勤治安需要經常前往紫南宮，認識莊秋安主委，他為人熱心，從事公益善事，造福四周鄉鄰，不遺餘力。

竹山紫南宮又名社寮紫南宮，是臺灣一座土地公廟，主祀福德正神尊像，位於南投縣竹山鎮社寮里大公街。由於「北天燈‧南烽炮‧中丁酒」香火旺盛，在每年農曆正月十六日吃丁酒是人潮最多的時候，與中和烘爐地的南山福德宮、屏東車城的福安宮並稱「三大土地公廟」，此地演變成宗教文化勝地和觀光風景區。

台北的天空

2020年庚子　70×135cm

記得王芷蕾的歌「台北的天空」：

台北的天空　有我年輕的笑容　還有我們休息和共享的角落

台北的天空　常在你我的心中　多少風雨的歲月　我只願和你　度過

台北的天空　有我年輕的笑容　還有我們休息和共享的角落……。

雲南大理崇聖寺三塔

2019年戊戌　70×135cm

「崇聖寺三塔」位於雲南省大理古城西北
1.5公里崇聖寺內，是南詔、大理國時期皇
家寺院，是歷史著名古建築，也是金庸筆下
「天龍八部」的天龍寺原型；2019年7月遊
昆明、大理後，記之畫之。

飛瀑雲煙

2021年辛丑　100×70cm

2021年9月，金箋紙作畫「飛瀑雲煙」，利用青綠潑彩山水，結合沒骨、潑墨和重彩技法，以及傳統山水，以線為主軸構圖的形式，完成此幅金箋山水畫。

金箋畫是在不透水、以金粉鋪底的金箋紙上作畫。

金箋紙不易吸墨，構圖後必須一次又一次、層層疊疊地用水晶白、藍寶、翡翠綠等貴重顏料填繪。金箋作畫，難於一般紙本，畫者用筆需要異常小心。

由於金箋紙質地光滑，在金箋紙上作畫，墨色難以牢固地粘著在上面，要求用筆乾淨利落，渲染時不急不躁，反復暈染，否則很容易弄髒畫面。但精美的「金箋畫」被收藏者所鍾愛的程度，也因「物以稀為貴」而更為搶手。

大同大學

2021年辛丑　70×100cm

2021年10月22日，大同大學成立65週年校慶暨志生紀念館10週年館慶系列活動「水墨‧陶藝‧老宅邸～蔡俊章與卓柏成藝術聯展」展期10月18～31日，於10月22日上午十時舉行開幕式，並由蔡俊章致贈「大同大學校景」乙幅畫，大同大學何明果校長也回贈感謝狀。

松樹煙雲

2020年庚子　70×135cm

運用潑彩技法，在色墨傾灑之間，使潑墨潑彩發揮融合作用。
運用了西方抽象畫作的精神，也展現了渲染烘托、勾勒皴擦等傳
統山水畫之底蘊，交互運用中更見蒼茫深幽之古意，可給觀賞者
留下感受山川氣勢與意境廣闊想像空間。

鄉間記趣

2016年丙申　45×60cm

春綠平原稻菽肥　三兩雞鴨閒來回
村南村北炊煙飛　月色朗朗伴人歸
恁在白雲更深處　裊裊笙歌韻不絕

人物&猛禽馴獸

Chinese Painting of Figures and Animals

鍾馗賜福

2022年壬寅　182×90cm

「鍾馗伏虎，福在眼前」。2022壬寅虎年，虎年話虎、畫虎，畫鍾馗伏虎，眼前有蝙蝠／與福同行：虎、蝠、福，賜福鎮宅，福虎生豐。

鍾馗，中國神話中的神祇，專能鎮宅驅魔，道教中稱翊聖雷霆驅魔辟邪鎮宅賜福帝君，簡稱「鎮宅眞君」、「驅魔眞君」、「驅魔帝君」、「鍾馗天師」、「伏魔大帝」，中國江南的道教信仰，伏魔大帝關聖帝君、蕩魔天尊眞武帝君、與驅魔眞君鍾馗帝君，合稱爲三伏魔帝君，爲降妖伏魔的三大神祇，也是南方奉祀的家堂神之一。

虎頭燕頷

2021年辛丑　120×70cm

虎是獸中之王，代表威嚴、
權利和榮耀；中國人自古就
喜歡虎，虎是強壯、威武的
象徵。

虎，代表吉祥與平安的瑞
獸，象徵壓倒一切、所向無
敵的威力；象徵著權力、熱
情和大膽。虎能驅除家庭的
三大災難：火災、失竊和邪
惡。虎畫經常被掛在牆上並
正對著大門，以使惡魔因害
怕而不敢進入。

龍吟虎嘯

龍吟虎嘯

2022年壬寅　144×74cm

《禮記・曲禮上》：「前朱
鳥而后玄武，左青龍而右白
虎。」
孔穎達疏引 南朝 梁 何胤
曰：「如鳥之翔，如蛇之
毒，龍騰虎奮，無能敵此四
物。」
漢　揚雄《劇秦美新》：「
會 漢祖 龍騰 豐沛 ，奮
迅宛葉 。」 晉 左思《
吳都賦》：「擁之者龍騰，
據之者虎視。」

舐犢情深

2022年壬寅　79×72cm

南朝　宋　范曄《後漢書・楊彪傳》：
「愧無日磾先見之明，猶懷老牛舐犢之愛」；後
世據此典故引申出成語「舐犢情深」。

松嶺雄風

2022年壬寅　138×70cm

「下山虎」則注意畫虎鬃虛
乍，虎眼圓睜，虎視眈眈，
是一直兇惡至及萬夫莫擋氣
質，此紋身適合表現個人的
兇猛幹練。

畫「下山虎」，採用餓虎撲
食的姿勢，常常配上雪景山
石，突出虎威，用來鎮宅避
邪。有人說猛虎下山有威
猛，事實上，猛虎下山肚子
餓了要傷人，有形即有靈，
下山跳縱則傷人無數。下山
虎要掛在迎門牆上，借其
兇猛的氣勢，鎮住入侵的邪
靈。尤其忌虎頭向內，應朝
向屋外或大門外。

高瞻

2021年辛丑　174×74cm

畫家畫老虎，它的姿勢也大概分爲「上山虎」和「下山虎」兩種，上山虎和下山虎身上都有紋路，因爲雖然都是虎，但是神態氣質和所代表的意義是不一樣的：畫「上山虎」一般採用抬頭望月的姿勢，飾以松枝明月，顯得寧靜深遠，寓意平安無事。

因此，在客廳內懸掛老虎畫，畫中老虎應爲上山虎樣式，因爲老虎上山則遨遊三山五嶽，寓意平安無事，步步登高，應該掛在客廳內側牆上。

五虎祥瑞

2022年壬寅　79×145cm

2022年2月2日，壬寅虎年正月初二，新春期間，完成了
「五虎祥瑞」圖，祝福大家新年快樂，迎春納福，吉祥如
意，闔家平安，虎年行大運。

山君

2021年辛丑　182×90cm

老虎。舊以虎爲山獸之長，故稱「山君」。

《說文‧虎部》：虎，山獸之君。

《駢雅‧釋獸》：山君，虎也。

清　黃景仁《圈虎行》：「何物市上游手兒，役使山君作兒戲。」

成功如意圖

2014年甲午　53×45cm

飛馬鵬程日千里　韶光似箭且須臾
人間難逢一伯樂　世事惟求盡如意

壯士頌

2021年辛丑　182×90cm

唐代 駱賓王的詩「易水送
別」：
此地別燕丹，壯士髮沖冠。
昔時人已歿，今日水猶寒。
駱賓王爲「初唐四傑」之
一，自幼聰穎，有文才，七
歲即能寫詩，最廣爲人知、
並口耳相傳的名篇《詠鵝》
詩，就是他七歲時的作品。
「今日水猶寒」則強調作
者對今日艱難險惡環境的感
受。
七歲作品《詠鵝》：
鵝、鵝、鵝，曲項向天歌。
白毛浮綠水，紅掌撥清波。

虎福生豐

2022年壬寅　70×70cm

虎，虎，虎，虎虎生風，福虎生豐。

引福歸堂

2022年壬寅　130×70cm

鍾馗專能鎮宅驅魔,亦是辟邪的神祇,簡稱「鎮宅眞君」;古代有在除夕夜掛鍾馗畫的傳統。引福歸堂作用在於招福,願見此像者,皆能「引福歸堂」。

春節時鍾馗是民間信仰中的門神,也是道教諸神中唯一的萬應之神,要福得福,要財得財,有求必應。

雙雄

2022年壬寅　144×74cm

雙雄，雙虎也！

虎文化淵源流長，猛虎很早
以前就成為我國的圖騰之
一，「獸中之王」在中華民
族文化中代表英雄、權力、
避邪、吉祥的象徵；在個人
方面代表威嚴、權力和榮
耀，所以國人自古來就喜歡
虎、品賞虎、敬畏虎。

龍騰

2022年壬寅　143×78cm

龍是我國神話傳說中的神異動物，常常用來象徵祥瑞之兆；龍在十二生肖中排行第五，是中華民族最具代表性的傳統文化之一，在封建時期，龍最為皇權的最高象徵，其皇宮使用的器物也大多用龍來裝飾。

龍是中華民族的象徵，中國人都以自己是「龍的傳人」而驕傲。亞洲其他國家和民族亦有受中華龍文化影響。傳說多為其能顯能隱，能細能巨，能短能長。春分登天，秋分潛淵，呼風喚雨，而這些已經是晚期發展而來的龍的形象。

《禮記‧曲禮上》：「前朱鳥而后玄武，左青龍而右白虎。」

孔穎達疏引南朝　梁　何胤曰：「如鳥之翔，如蛇之毒，龍騰虎奮，無能敵此四物。」

三陽開泰

2022年壬寅　78×71cm

「三陽開泰」源自《易經》，正月為泰卦，三陽生於下，冬去春來陰消陽長，有吉祥興盛之象，故稱「三陽開泰」。

「羊」與「陽」諧音，民間喜用的「三陽開泰」是一種吉祥語，三（陽）羊開泰圖也是中國畫的一個常見題材，藉以表達人們新年歲初時大地回春、萬象更新、大開財路、興旺發達，諸事順遂的美好願望。

「三陽」依照字面來析，解釋為三個太陽比較直觀，即早陽、正陽、晚陽，都含有勃勃生機的意思。

達摩祖師

達摩祖師

2022年壬寅　128×70cm

「吾本來茲土，傳法救迷
情：一華開五葉，結果自然
成。」
達摩大師所傳的觀念，就是
「無念為宗、無相為體、無
住為本」的大般若思想。

雲龍

2022年壬寅　144×74cm

雲從龍，風從虎，聖人作而
萬物睹。

孔穎達疏：龍是水畜，雲是
水氣，故龍吟則景雲出，是
雲從龍也。後因以「雲龍」
比喻君臣風雲際會。

宋　陸游《太師魏國史公輓
歌詞》：雲龍際千載，典冊
冠三公。

明　張居正《聖母圖贊・慶
都毓聖》：元雲入戶，赤
龍在宮，遂開景運，萬國
時雍，濟濟嶽牧，是謂「雲
龍」。

達摩祖師一葦過江

2022年壬寅　180×90cm

菩提達摩，簡稱達摩，為南天竺人或波斯人，將佛教禪宗帶入中國，為中國禪宗之開創者，被尊稱為達摩祖師、「東土第一代祖師」並與寶誌禪師、傅大士合稱梁代三大士。

提起達摩祖師，很多人腦海浮現的意像是「一葦渡江」而去的瀟灑與得罪梁武帝「實無功德」的真實語。達摩祖師，原來是印度人，原名菩提多羅，後改名菩提達摩，成年之後依照習俗更名為達摩多羅，是印度禪宗第二十七代祖師般若多尊者的大弟子，成為印度禪宗第二十八代祖師。是大乘佛教中國禪宗的始祖，故中國的禪宗又稱達摩宗。主要宣揚二入四行禪法，達摩祖師的思想，對中華文化起了很大的影響。

花鳥

Chinese Painting of Birds and Flowers

梅開五福竹報平安

2017年丁酉　47×53cm

2017歲次丁酉雞年，「金雞報喜　福滿人間」
與李轂摩老師合作畫年曆，「梅開五福　竹報平
安」，列爲2017年2月份作品。

夏日蝦趣

2002年壬午　70×45cm

紅荷倚水漣　墨蝦嬉岸邊
領首喜相逢　笑語向晚天

詠春
2002年壬午　50×50cm

春芽新嫩枝頭綠　鵲鳥迎風歌春語
絲絲扣弦入天際　婉轉唱罷復一曲

詠梅
2006年丙戌　44×34cm

宋‧盧梅坡《雪梅》
梅雪爭春未肯降，騷人閣筆費評章。
梅須遜雪三分白，雪卻輸梅一段香。

暮渡
2002年壬午　35×35cm

野渡無人舟自橫　寒鴉低語晚來冷
但見江岸楓紅樹　映照暮靄幾多層

春風得意
2006年丙戌　44×34cm

《畫眉鳥》──歐陽修詩
「百轉千聲隨意移，山花紅紫樹高低。始知鎖向金
籠聽，不及林間自在啼。」哈！春風得意也要啼！

雄姿英發

2017年丁酉　90×60cm

偶然的聽了鄧麗君的中文老歌「老鷹之歌」，一時技癢，畫
下「雄姿英發」乙作，老鷹之歌是一首南美安地列斯山最耀
眼的歌曲，這首祕魯民謠因其旋律優美，舉世聞名：楊道夫
先生中文作詞，鄧麗君小姐演唱——
你為何那樣的無情　船開行　又喚不停　眼中淚流盡
你為何那樣的狠心　不說明　一去無蹤影　我恨你負心
我愛你永遠都是真心　請相信　我真情
難忘那舊日溫馨　醉夢已醒　到如今　我寂寞孤零
海水我請你替我帶封信　月兒明　天邊寒星　別笑我癡情
到哪裡尋找往日夢景　花飄零　懷著破碎心靈　再等你回音

白玉荔香

2015年乙未　70×45cm

白玉幽香隨風襲　紅透纍果壓枝低
昔時千里傳遞急　今朝拈手盡是荔

唐朝詩人白居易盛讚荔枝是「嚼疑天上味，嗅異
世間香」。

紫荊花開

2017年丁酉　90×60cm

紫荊花的花語和象徵代表意義：
親情、兄弟和睦。

想起香港市花「紫荊花」，在東
漢時期，京兆尹田氏兄弟分家產
的故事，事關紫荊花樹，古人遂
以紫荊花來比擬親情、兄弟和睦
之寓意。

黃金雨的季節
2019年己亥　70×45cm

6月9日揮別了五月雪的桐花季，時序邁入六月，
又是黃金雨——阿勃勒花開的季節，也思念起雲
林故鄉整路黃花，今夜繪下了此畫，聊解鄉愁。

靜觀

2017年丁酉　120×60cm

「夜鷺」又稱黑頂夜鷺，俗
稱「暗光鳥仔」，夜晚才紛
紛出外活動覓食。
「魚狗」是翠鳥的別稱，其
常直挺地停息在近水的低
枝，伺機捕食魚蝦等。

秋荷

2019年己亥　70×45cm

齊白石畫題：
不染汙泥邁眾芳　休嫌荷葉太無光
秋來猶有殘花艷　留著年年紙上香

蝶戀花

2018年戊戌　70×45cm

紅紅花蕊當清香　青翠花蕊定定紅　南風吹來心輕鬆
春色可比自由夢　蝴蝶守花叢　蝶戀花栽鄉等待　年久著原在
　── 洪一峰作詞

木棉花暖雀鳥啼

2017年丁酉　70×45cm

木棉花，花名源自於南越王趙佗，他以滿樹紅花似烽光而得名。

又稱「英雄之花」，是清朝人陳恭尹在「木棉花歌」中形容木棉花：「濃鬚大面好英雄，壯氣高冠何落落」。

臺灣藍鵲

2018年戊戌　60×45cm

臺灣藍鵲又稱長尾山娘，身上對比的色彩極爲鮮
明。屬於鴉科，爲臺灣特有種，保育等級中的「
稀有」鳥類。

白鷺鷥的願望 丁酉三春於台北 蔡俊章

白鷺鷥的願望

2017年丁酉　80×60cm

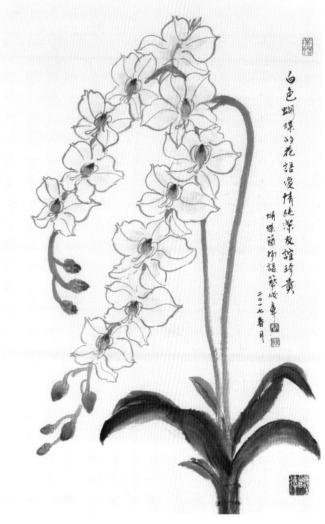

雙嬌爭艷

2019年己亥　70×45cm

8月31日以玫瑰為主題，畫了「雙嬌爭艷」
乙幅小品，玫瑰花語，不同顏色的玫瑰，
有自己獨特的花語含義，紅玫瑰花語：熱
情、熱愛、希望與真誠的愛、真心真意。
（此作品由長流美術館典藏）

白色蝴蝶的花語

2017年丁酉　80×60cm

白色長吊蝴蝶蘭由於花苞多而長，
其氣勢與花序的排列是觀賞重點，
白色蝴蝶蘭的花語：愛情純潔，友
誼珍貴。

紫藤花開蜂兒忙

2018年戊戌　60×45cm

紫藤花被寓意著愛情，是浪漫愛情的象徵。
紫藤花語：醉人的戀情，依依的思念。

唱隨偕樂

2018年戊戌　50×50cm

你儂我儂，忒煞情多，
蒼海可枯，堅石可爛，
常陪君傍，永伴君側。

木棉花開

2017年丁酉　135×70cm

″紅紅的花開滿了木棉道，
輕輕的風吹過了樹梢；木棉
道我怎能忘了，那是夢裡難
忘的波濤！王夢麟唱的民
歌″木棉道″，給了靈感，
畫了木棉花。

喜上眉梢

2019年己亥　70×45cm

「梅」與「眉」同音，借喜鵲登上梅花枝頭，組
成了「喜上眉（梅）梢」的吉祥圖案。

杜鵑迎春

2016年丙申　60×45cm

杜鵑花，又名映山紅、山石榴、山躑躅，系杜鵑花科
落葉灌木，杜鵑漫山紅遍之時，也是春天來到時。

青青棕櫚樹
蔡俊章
二〇二〇春月

青青棕櫚樹

2020年庚子　57×54cm

宋代梅堯臣
青青棕櫚樹　散葉如車輪
擁籜交紫髯　歲剝豈非仁

鶴壽

2021年辛丑　90×60cm

松樹耐嚴寒長青不朽，被視爲百木之長；而鶴爲
稀有珍禽，其壽命在禽類屬長壽，鶴能高飛，其
鳴高亢響亮，道家也將引入仙界視之爲出世、高
潔的象徵。因此「鶴壽」有長壽高潔的吉祥寓
意。

荷香魚樂

2018年戊戌　80×60cm

仲夏荷葉開田田　魚戲湖心水瀲瀲
穿水奐影何自在　綠波蕩漾任其間

向陽荷花別樣紅

向陽荷花別樣紅

2017年丁酉　60×60cm

「接天蓮葉無窮碧，映日荷花別樣紅」，荷花「中通外直，不蔓不枝，出淤泥而不染，濯清漣而不妖」的高尚品格，歷來爲古往今來詩人墨客歌詠繪畫的題材。

蝦蟹&蔬果
Chinese Painting of Prawns, Crabs and Vegetables

金玉滿堂

2022年壬寅　70×70cm

金魚是和平、幸福、美好、富有的象徵
"金魚滿塘"與"金玉滿堂"中的"魚""塘"與"
玉""堂"諧音，都是喜慶祝願之詞，表示富有。另
按古代的文化蘊含，"金"喻爲女孩，"玉"喻爲男
孩，"金玉滿堂"即爲"兒女滿堂"。

樂嬉戲

2013年癸巳　57×57cm

或蜷或張或屈彎　亦嬉亦戲亦悠然
化它驚濤無所畏　縱令白浪亦綠水

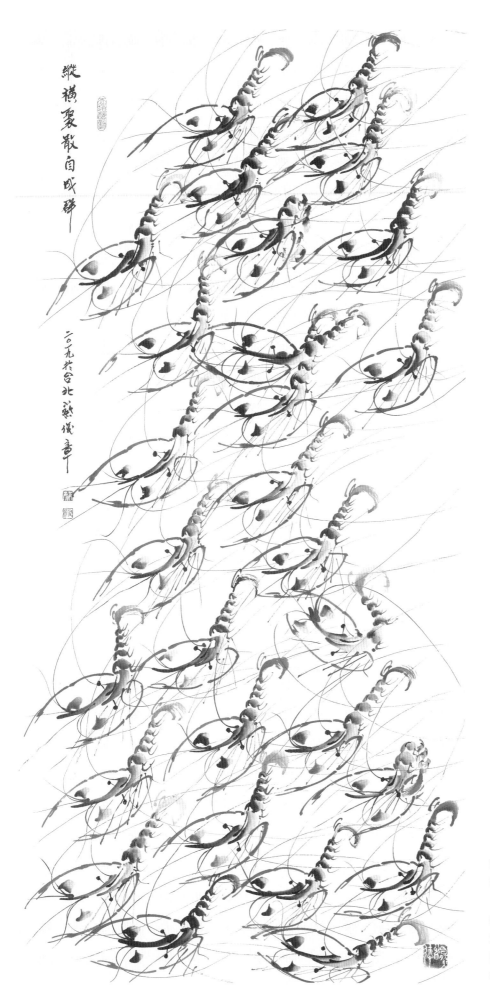

縱橫聚散自成群
2019年己亥　135×70cm

縱橫聚散自成群
悠游穿水似行雲
誰知仙境何處有
桃源只問水中尋

魚樂圖

2017年丁酉　60×45cm

自古以來，魚就是祥瑞之物，在人們看來象徵著
富貴吉祥，故有「年年有魚，富貴有餘」。

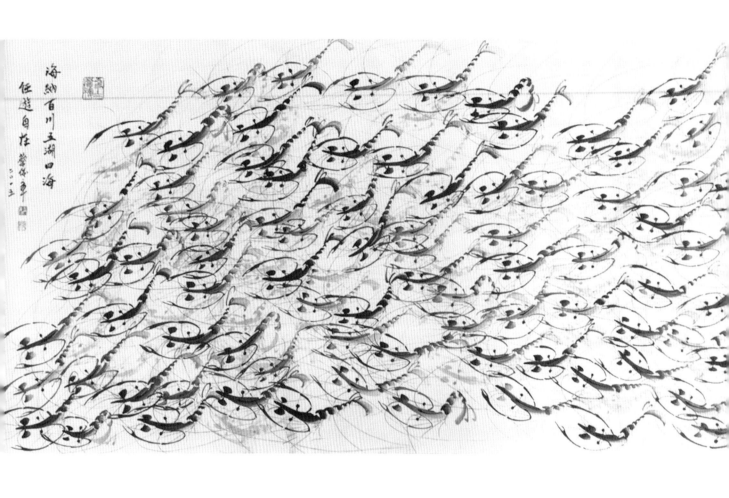

海納百蝦

2015年乙未　70×135cm

五湖四海納百川　萬千蝦趣自在穿
笑看紅塵或紛亂　水中遨遊忘憂煩

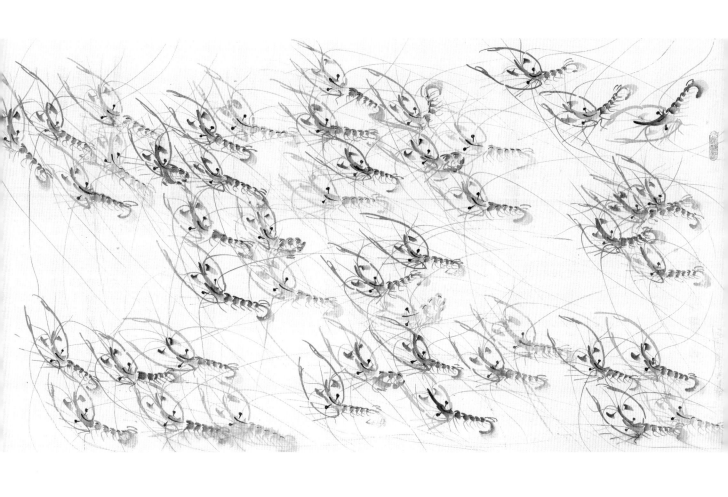

彩蝦繽紛

2020年庚子　70×135cm

以退爲進眞名士，能屈能伸是丈夫。
紅橙黃綠藍靛紫，彩蝦繽紛樂悠遊。

蝦蟹圖

2021年辛丑　60×70cm

蟹：蟹橫行，眼前道路無經緯。
蝦：天生龍種世稱蝦，銀甲鋼鉗舞浪沙，無慮
無憂比海闊，從來不慕帝王家。（此作品由國
立中正紀念堂管理處作爲「藝術盤」紀念品）

蝦蟹一家親

2021年辛丑　135×50cm

蟹橫行眼前道路無經緯

2021年辛丑　180×40cm

「蟹橫行眼前道路無經緯」～出自清代曹雪芹所著作：「紅樓夢」第38回薛寶釵的「螃蟹詠」。

大吉大利

2018年戊戌　70×135cm

6月27日自桂林回來，完成了「大吉大利」畫作。
在繪畫中，常見荔枝與雞的組合國畫，「雞」與「吉」諧音，被視爲吉祥之禽；「荔枝」與「利枝」諧音，紅荔枝的寓意是紅利滿枝頭，荔枝與雞爲題材，組合畫作品，兆示大吉大利，喜慶大紅，非常吉祥、順利。

採一籃橘子好過年

2010年庚寅　68×35cm

採籃橘子好過年　寄聲祝福繫思念
思念悠悠何所似　三月春色漫無邊

此畫作者畫一籃橘子，李毅摩老師補
花草、小雞、竹筍等，增加光彩。

福祿吉祥

2018年戊戌　70×45cm

葫蘆，是中華民族最原始的吉祥物之一，在吉祥文化中的寓意多位一體。形似數字「8」，諧音「發」，財源滾滾；其腹便便，繁茂豐富，多子多福；其枝莖稱「蔓」，蜿蜒纖長，「蔓帶」寓意「萬代」；葫蘆諧音「福祿」、「護祿」，福祿雙全；在民俗概念中，壽星的拐杖上懸掛葫蘆，寓意福壽綿長。這下，一個葫蘆就夠把所有祝福盡收囊中了。不僅普通老百姓對葫蘆情有獨鍾，丹青妙手也對它青睞有加。

草蜢弄雞公

2017年丁酉　70×45cm

童年的回憶，「草蜢弄雞公　雞公披搏跳」，
臺灣民謠歌曲，莊永明作詞。

如珠似玉

如珠似玉

2017年丁酉　135×70cm

想起陳蘭麗小姐唱的「葡萄
成熟時」，膾炙人口。清晨
兩點起床，畫了葡萄：「別
後多珍重，葡萄成熟時，我
一定回來。」耐人尋味分享
之。

豐收

2014年甲午　57×57cm

日午荷鋤汗落土　暮來暫歇盼日出
朝夕勤墾忘勞苦　纍纍瓜棚蜂蝶舞

種瓜得瓜

種瓜得瓜
種豆得豆一分耕
耘一分收穫有是
因則有是果要
怎麼收穫便怎麼
栽而耕耘是我們
的責任

蔡俊章
二〇二〇春月

種瓜得瓜

2020年庚子　70×45cm

「種瓜得瓜，種豆得豆」出自明朝馮夢龍著的「
古今小說」第十二卷。
胡適：「要怎麼收穫，先那麼栽。」

蔬果記事

2017年丁酉　45×60cm

菜甲青青萊菔紅，秋來蔬果滿園中，尋常一樣家
園味，寫入丹青便不同。摘自馮君輝詩。

國家圖書館出版品預行編目(CIP)資料

蔡俊章水墨畫集：2022畫展精選 / 蔡俊章作. --
　臺北市：華圓設計行銷股份有限公司, 2022.07
　　面；　公分
　ISBN 978-986-98669-3-4(平裝)

　1.CST: 水墨畫 2.CST: 畫冊

945.6　　　　　　　　　　　　111010573

蔡俊章水墨畫集

2022 畫展精選

作　　者	蔡俊章
發 行 人	張國傑
總 編 輯	翁雅蓁
執行主編	吳錦珠、周志芬、吳清榮、張思敏
美術設計	葉怡伶
出 版 者	華圓設計行銷股份有限公司
地　　址	台北市中正區忠孝東路一段 76 號 7 樓之 5
電　　話	(02)2700-8230

聯 絡 處	
地　　址	臺北市中正區天津街 1 號
電　　話	(02)2358-1458、0932-779-000

設計印刷	鴻順印刷股份有限公司
地　　址	新北市中和區建一路 175 號 4 樓
	高雄市仁武區工業二路 6 號
電　　話	(02)2223-7688、(07)371-8115
出版日期	2022 年 7 月
定　　價	新臺幣 600 元
I S B N	978-986-98669-3-4

ISBN 978-9869866934
00600